Date: 2/22/22

SP BR WESTON
Weston, Martha,
Jack y Jill y el gran perro
Bill /

¡Aprende a leer, paso a paso!

Listos para leer **Preescolar–Kínder**
• letra grande y palabras fáciles • rima y ritmo • pistas visuales
Para niños que conocen el abecedario y quieren comenzar a leer.

Leyendo con ayuda **Preescolar–Primer grado**
• vocabulario básico • oraciones cortas • historias simples
Para niños que identifican algunas palabras visualmente
y logran leer palabras nuevas con un poco de ayuda.

Leyendo solos **Primer grado–Tercer grado**
• personajes carismáticos • tramas sencillas • temas populares
Para niños que están listos para leer solos.

Leyendo párrafos **Segundo grado–Tercer grado**
• vocabulario más complejo • párrafos cortos • historias emocionantes
Para nuevos lectores independientes que leen oraciones simples
con seguridad.

Listos para capítulos **Segundo grado–Cuarto grado**
• capítulos • párrafos más largos • ilustraciones a color
Para niños que quieren comenzar a leer novelas cortas, pero aún
disfrutan de imágenes coloridas.

STEP INTO READING® está diseñado para darle a todo niño una
experiencia de lectura exitosa. Los grados escolares son únicamente guías.
Cada niño avanzará a su propio ritmo, desarrollando confianza en sus
habilidades de lector.

Recuerda, una vida de la mano de la lectura comienza con tan sólo un paso.

A Christopher y Annie.

Visit us on the Web!
StepIntoReading.com
rhcbooks.com

Educators and librarians, for a variety of teaching tools, visit us at
RHTeachersLibrarians.com

Library of Congress Cataloging-in-Publication Data
Weston, Martha.
Jack and Jill and Big Dog Bill : a phonics reader / by Martha Weston. p. cm. —
(Step into reading. A step 1 book)
Summary: Jack and Jill enjoy sledding until their dog gets tired.
ISBN 978-0-375-81248-4 (trade) — ISBN 978-0-375-91248-1 (lib. bdg.)
[1. Dogs—Fiction. 2. Sleds—Fiction.]
I. Title. II. Step into reading. Step 1 book.
PZ7.W52645 Jae 2003 [E]—dc21 2002013223

ISBN 978-0-593-37976-9 (Spanish pbk.) — ISBN 978-0-593-37977-6 (Spanish lib. bdg.) —
ISBN 978-0-593-37978-3 (Spanish ebook)

Printed in the United States of America
10 9 8 7 6 5 4 3 2 1
First Spanish Edition

PASO 1
LISTOS PARA LEER

LEYENDO A PASOS®

EN ESPAÑOL

Jack y Jill y el gran perro Bill

Martha Weston

traducción de Juan Vicario

Random House 🏠 New York

Jack y Jill

y el gran perro Bill

suben y suben la colina.

—¡Tira, Bill!

—dice Jill.

Se detienen
en la cima.

—¡Vamos, Bill!

—dicen Jack y Jill.

Entonces, Jack y Jill

y el gran perro Bill

bajan y bajan la colina.

PUMBA.

PUM.

Todos se caen.

—¡Más, más! —dice Jack.

Jack y Jill

y el gran perro Bill

suben y suben la colina.

—¡Empuja, Bill!

—dice Jill.

Se detienen

en la cima.

—¡Vamos, Bill!

—dice Jill.

Jack y Jill
y el gran perro Bill
bajan y bajan la colina.

PUMBA.

PUM.

Todos se caen.

—¡Más! —dice Jack.

—¡Más! —dice Jill.

—¡Ay, no!

—dicen Jack y Jill—.

Bill no quiere seguir.

Jack y Jill

y el gran perro Bill

suben y suben la colina.

—¡Empuja, Jack!

—dice Jill.

—¡Tira, Jill!

—dice Jack.

Se detienen
en la cima.

Jack y Jill

y el gran perro Bill

bajan y bajan la colina.

PUMBA.

PUM.

—¡No más colina!

—dicen Jack y Jill.

Jack y Jill
y el gran perro Bill
se van a casa.